Por que sempre nos encontramos duas vezes

O começo do fim

Jéssica Hitz

Estados Unidos
2024

Imprimir

Título do livro: Por que sempre nos encontramos duas vezes
Legenda do livro: O começo do fim
Autora: Jéssica Hintz

Autora: Jéssica Hintz
Contato: boxingboy898337@gmail.com

CONTEÚDO

O encontro da scooter

O retorno do estranho

A Escola dos Desafios

Entre as Tempestades

Desvendando segredos

Tensões emaranhadas

Alianças improváveis

Caminhos emaranhados

Arrependimentos não ditos

Feridas não ditas

O fardo do silêncio

Desejos não ditos

Uma aposta e um beijo

O beijo que mudou tudo

Estranhos familiares

O ENCONTRO DA SCOOTER

Serra:

Eu estava ficando inquieto. O carro patrulha parecia uma prisão em movimento e eu estava muito perto de cochilar. Era meu último dia de estágio de duas semanas na polícia e não pude deixar de me sentir um pouco melancólico com isso. Em breve, eu voltaria para casa, para meus pais e dois irmãos mais novos. Também não poderia esquecer do meu irmão de 18 anos, sempre fazendo barulho em casa. Apesar disso, houve uma pessoa que facilitou um pouco a ideia de ir embora: minha melhor amiga, Leyla. No momento, eu estava hospedado com meus avós. Meu tio e minha tia moravam perto com seus quatro filhos, e meu tio trabalhava na polícia, e foi assim que consegui esse estágio.

Enquanto descíamos a rua principal, olhei pela janela, totalmente entediado. O cenário parecia um borrão de casas, ruas e uma estação de trem. O mesmo de sempre. Mas então, de repente, algo chamou minha atenção. "Vamos comprá-lo!" A voz de Lenni rompeu a monotonia e levantei a cabeça, surpresa. Havia um motociclista em alta velocidade na rua. Finalmente, algo que não eram apenas casas!

Fizemos uma curva fechada em um estacionamento e sinalizamos ao motorista da scooter para parar. "Carteira de motorista e documentos do veículo, por favor!" Lenni gritou com sua voz severa de policial. O jovem zombou, sua voz áspera e cheia de atitude, causando um arrepio na minha espinha. O sotaque sulista era forte, mas havia algo mais em seu tom que eu não conseguia identificar. Ele arrancou o capacete e minha respiração ficou presa na garganta. Por um momento, quase tropecei nos próprios pés ao me aproximar dele.

Eu rapidamente me recuperei, forçando-me a me concentrar. Ele era incrivelmente atraente, com cabelos negros, pele que sugeria suas raízes sulistas e olhos que eram exatamente o oposto do que eu esperava. Em vez do marrom chocolate quente que eu esperava, me deparei com penetrantes olhos azul-gelo que pareciam brilhar de curiosidade e surpresa. Ele não poderia ter mais de 17 anos, mas a maneira como se comportava o fazia parecer muito mais maduro. Com cerca de um metro e oitenta de altura, sua constituição muscular deixava claro que ele não era alguém com quem se mexer. E, no entanto, lá estava ele, sorrindo para mim com um sorriso atrevido, quase travesso, que exibia dentes brancos e perfeitos.

Não pude deixar de sorrir de volta, combinando com sua expressão atrevida. Olhei para sua scooter e tive que reprimir um sorriso. Era óbvio que a sua condução tinha sido bastante modificada – o meu primo tinha-me mostrado recentemente como era uma scooter como esta quando estava afinada ao máximo. Bati na lateral de sua scooter e murmurei: "Boa scooter".

Ele me lançou um olhar que dizia claramente: "Não diga nada", mas a mensagem era clara demais para ser ignorada. Levantei uma sobrancelha em resposta, desafiando-o silenciosamente a me desafiar. Seus olhos se moveram entre mim e a scooter, claramente sem saber o que eu poderia fazer a seguir. O pensamento passou pela minha cabeça: devo denunciá-lo? Devo seguir as regras ou dar-lhe um tempo? Meu debate interno continuou, mas no final decidi que era meu "dia social" e não seria eu quem estragaria a diversão dele.

Seu olhar ainda era intenso, esperando minha decisão. Deixei-o pensar por um momento antes de finalmente balançar a cabeça, lançando-lhe um sorriso caloroso. O alívio tomou conta dele e quase pude ver a tensão evaporar de seus ombros. Lenni, percebendo o momento, gritou: "Está tudo bem?"

Não pude resistir ao sarcasmo na minha voz ao responder: "Sim, está tudo totalmente normal!" Lenni pareceu acreditar, embora o garoto ao meu lado ainda me olhasse com cautela, provavelmente se perguntando se eu estava prestes a denunciá-lo.

Dei a volta na scooter, demorando para examiná-la. Ao lado do menino, eu disse alto o suficiente para ele ouvir: "Você tem sorte de ser meu dia social, ou então você perderia sua carteira de motorista e sua scooter. Então, jogue bem. Ele sorriu para mim, um brilho de diversão em seus olhos. "Como você sabe que há algo errado com minha scooter?"

Eu não pude deixar de sorrir docemente. "Bem, digamos que já vi scooters envenenadas o suficiente para reconhecer uma quando a vejo." Sua expressão mudou, ao mesmo tempo surpresa e impressionada por uma garota como eu saber tanto sobre scooters.

Voltei para Lenni, dizendo-lhe: "Está tudo bem!" esperando que ele não suspeitasse de nada. Ele me deu um leve aceno de cabeça e devolveu os documentos ao menino, que os agarrou, com evidente alívio. Ele ainda estava olhando para mim com gratidão nos olhos, embora eu tivesse que lutar para reprimir o riso.

Lenni despediu-se do menino, desculpando-se pela parada, antes de voltar para o carro. Fiquei ali, de repente sem saber o que dizer. Normalmente, eu nunca ficava sem palavras, mas ficar na frente desse garoto era diferente. Ele sorriu para mim, o tipo de sorriso que parecia iluminar até mesmo o céu sombrio e nublado. Seus olhos azuis brilharam enquanto ele falava: "Obrigado. Obrigado por não me entregar. Isso significa muito para mim."

Pisquei, surpresa com sua sinceridade. Sem pensar, soltei: "Nossa, um machão italiano que sabe agradecer. Eu nunca teria esperado isso! Ele riu e pude ver a diversão dançando em seus olhos.

"Bem, talvez seja porque eu não sou apenas italiano", disse ele, seu sorriso se tornando mais brincalhão. "Vou agradecer novamente. Esperançosamente, nos encontraremos novamente algum dia."

Com isso, ele colocou o capacete, subiu na scooter e saiu em disparada, acenando para mim uma última vez. Fiquei ali por um momento, sentindo um calor estranho se espalhar por mim, como se a presença dele tivesse deixado uma marca no meu dia.

Voltando para o carro patrulha, sentei-me no banco do passageiro, ainda um pouco atordoado com o encontro. Eu não tinha ideia de quem era aquele garoto, mas de alguma forma me sentia à vontade perto dele, algo que raramente sentia com estranhos. Mal podia esperar para contar a Leyla sobre a experiência.

A voz de Lenni me trouxe de volta à realidade. "Outra parada e, mais uma vez, nada de interessante", disse ele com um suspiro. Mas não pude deixar de sorrir para mim mesmo. Definitivamente havíamos encontrado algo hoje – embora, é claro, Lenni não tivesse ideia.

Presente:

Fiquei completamente atordoado. Nunca pensei que o veria novamente, mas lá estava ele, parado bem na frente da nossa turma, olhando em volta com uma expressão entediada. O choque me atingiu com força e, por um momento, não consegui acreditar. Ainda me lembrava da primeira vez que nos encontramos como se tivesse acontecido ontem, apesar de já ter passado quase um ano e meio. Naquela época, eu queria desesperadamente vê-lo novamente, mas isso nunca aconteceu, apesar de eu e minha melhor amiga Leyla termos o plano perfeito para fazer isso acontecer.

Leyla sempre foi minha melhor amiga, muito antes de eu me mudar. Na verdade, nos conhecemos através do meu primo. Ela estava namorando com ele há dois meses, mas as coisas não deram certo entre eles. A partir daquele momento, Leyla e eu nos tornamos inseparáveis. Éramos como almas gêmeas, sempre sabendo exatamente como o outro se sentia, mesmo sem dizer uma palavra. Mesmo agora, eu podia sentir seu olhar sobre mim, seu olhar questionador cortando o choque em meu rosto. Olhei para ela, ainda com os olhos arregalados, e ela imediatamente percebeu o que eu estava pensando. O garoto parado na frente da turma era o mesmo que eu tanto queria ver novamente depois daquele primeiro encontro.

Estudei-o atentamente, tentando absorver as mudanças. Ele era diferente, mas igual em muitos aspectos. Seu cabelo preto ainda era tão bonito quanto eu me lembrava, embora agora caísse descontroladamente sobre sua testa de uma forma que era ao mesmo tempo fria e rebelde. Parecia fácil, quase como se pertencesse a alguém que não se importava com regras, alguém que prosperava no limite. Mas também havia algo nisso que o fazia parecer distante, quase como se estivesse carregando um fardo.

Seus olhos eram do mesmo azul gelo penetrante que me cativou desde o início. Mas agora havia algo mais neles – algo mais sombrio. Seu rosto, antes cheio de vida, agora parecia quase inexpressivo, suprimindo qualquer emoção. E ainda assim, em seus olhos, pude ver leves traços de dor, sofrimento e raiva. A mudança nele era inegável. Ele já havia irradiado felicidade e alegria, mas agora tudo que eu conseguia sentir era uma tristeza profunda e pesada.

O que aconteceu com ele? O que poderia ter causado uma mudança tão drástica? As pessoas não se transformam assim, a menos que algo monumental as tenha abalado. Ele sempre foi forte, mas agora parecia ainda mais musculoso – se isso fosse possível. Seu corpo parecia ter sido esculpido em pedra, e seu rosto... bem, era o tipo de rosto que deixaria até Adônis com ciúmes. Não havia como negar – ele era perigoso agora. A aura ao seu redor era quase ameaçadora, e não pude deixar de pensar que se ele tivesse que lutar, ele venceria, sem fazer perguntas.

Olhei para ele, incapaz de desviar os olhos. Sua expressão era ilegível, dura e quase arrogante. Havia um sentimento de superioridade nele agora, um ar condescendente que sugeria que ele havia passado por muita coisa e saído do outro lado com um peso no ombro. Às vezes, era quase assustador.

Leyla me cutucou bruscamente, lembrando-me que eu estava olhando para ele há muito tempo. Saí do meu transe, me sentindo um pouco envergonhado, e rapidamente voltei meu olhar para a frente. Nossa professora, dona Walter, pediu que o menino se apresentasse. Ele assentiu com indiferença, aquele mesmo sorriso travesso brincando no canto de seus lábios. Era o tipo de sorriso que dizia que ele estava tramando algo, algo perigoso, e por um segundo, não pude deixar de me perguntar o quanto ele havia mudado desde a última vez que o vi.

A Escola dos Desafios

Luís:

Onde diabos estou? Meu pai queria muito que eu voltasse para a escola, mas esse lugar? Seriamente? Ele sempre tem boas intenções, mas esta escola é praticamente inútil para mim. Não há quase nada aqui que possa trazer algum benefício real, exceto talvez, e digo talvez, eu pudesse me divertir um pouco pegando algumas garotas. Isso é algo para se pensar mais tarde, mas por enquanto, provavelmente deveria me apresentar ao grupo de pessoas que estão olhando para mim. Bem, vamos agitar um pouco este lugar.

"Não há muito a dizer, na verdade", comecei, sentindo os olhares de toda a turma sobre mim. "Eu sou Luís. Acabei de fazer 18 anos e meu pai acha que é uma boa ideia eu voltar para a escola. Então aqui estou. Quando não estou aqui, passo meu tempo traficando drogas, e o resto do meu tempo é preenchido com tudo o que meus amigos e eu fazemos. E, bem, eu ainda me divirto muito com as mulheres... mas não sou muito exigente quanto a isso."

Dei um sorriso diabólico para a turma e depois voltei minha atenção para a Sra. Walter, observando-a. Ela não era tão ruim, na verdade. Eu acho que ela tinha cerca de 29 anos, mas suas roupas a faziam parecer muito mais velha. O corpo dela era decente, mas eu preferia garotas mais próximas da minha idade. A Sra. Walter pigarreou, tentando recuperar o controle da aula, e perguntou se alguém tinha alguma dúvida. Uma dúzia de garotas imediatamente levantou as mãos. Eu gostei disso.

Examinei a turma e depois fixei os olhos na primeira garota que vi. "Você tem namorada?" Eu perguntei, com um sorriso travesso.

"Não, não agora. Mas estou aberto para me divertir. Se a pessoa certa aparecer, talvez eu me acalme. Mas eu não acredito no amor verdadeiro."

Antes que eu pudesse responder, ouvi alguns comentários sarcásticos vindos da última fila. Virei-me e vi duas garotas rindo, claramente tirando sarro de mim. Uma delas parecia familiar, mas não consegui identificá-la. Ela levantou a cabeça e chamou meu olhar com um sorriso malicioso. Então, ela levantou a mão. Eu levantei uma sobrancelha.

"Ah, não, desculpe, mas isso é um pouco pessoal demais para ser uma pergunta", eu disse, fingindo ignorá-la.

Ela sorriu, imperturbável. "Não, está tudo bem. Farei a pergunta e você poderá decidir se é muito pessoal."

Ela e a amiga trocaram olhares e então a garota com o sorriso malicioso falou. "Desde quando os italianos têm olhos azuis gelados?"

A pergunta me pegou desprevenido, mas eu não ia deixar isso transparecer. "Como você descobriu isso?" Eu perguntei, fingindo estar intrigado.

Eles trocaram olhares novamente, sorrindo como se estivessem esperando que eu fizesse essa mesma pergunta. Leyla – esse era o nome dela – se inclinou para frente e sorriu. "Bem, desde quando os italianos têm olhos azuis gelados?"

Eu esperava que ela dissesse algo assim, então sorri e respondi: "Bem, se eu usasse lentes de contato marrons, poderia pelo menos negar parte da minha nacionalidade".

Leyla não pareceu nem um pouco surpresa, como se soubesse exatamente o que eu iria dizer. Uma voz na última fila gritou: "De onde você é, então?"

Eu dei a eles um sorriso arrogante. "Como disse Leyla, tenho raízes principalmente italianas, mas também tenho um pouco de sangue americano e finlandês."

O queixo de Leyla caiu. A outra garota estava praticamente chorando de tanto rir. Então a Sra. Walter, que eu tinha esquecido completamente que ainda estava na sala, pigarreou e disse: "Já chega de perguntas por enquanto. Vocês terão muito tempo para se conhecerem. Mas não na minha aula. Você pode sentar ao lado de Tiffany."

Tiffany era a garota sentada ao meu lado. Ela parecia a típica garota bonita, mas eu já estava decidida a aproveitar ao máximo esse inferno de escola.

Sentei-me ao lado de Tiffany e foi quando percebi que estava sentado ao lado da garota que estava sentada ao lado de Leyla. Leyla olhou para mim como se tivesse visto um fantasma, ainda processando o que acabara de acontecer. Sua amiga – que também era linda – não conseguiu conter o riso e quase caiu da cadeira.

Então, como se as coisas não fossem complicadas o suficiente, a porta se abriu e outro cara bonito entrou. Aparentemente, as duas garotas ao meu lado se acalmaram porque ouvi Leyla sussurrando alto para a amiga: "Oh, ótimo, podemos não consigo nem um dia de paz dele. O que vem a seguir, um ônibus atropelá-lo?"

Me virei para ver o cara novo e não entendi qual era o problema. Ele parecia um modelo, pelo amor de Deus. As garotas provavelmente cairiam em cima dele, assim como fizeram comigo. Ele tinha cabelos pretos, era alto, musculoso e, a julgar pelo sotaque e pela aparência, provavelmente italiano também. Mas quando ele falou, notei outra coisa: seus olhos cinza-claros.

Ele sorriu e disse: "Finalmente, alguém que entende! Posso sentar ao seu lado?

Eu sorri e balancei a cabeça. A Sra. Walter não parecia se importar, provavelmente tomando notas ou algo assim. O novo cara foi até o fundo e sussurrou algo para Tiffany, que de repente pareceu horrorizada e foi para outro assento.

"Ei, eu sou Ryan. Legal ter outro italiano aqui!" ele disse.

Sorri de volta e disse: "Sim, este lugar ficou um pouco mais interessante".

Ryan sentou-se e ouvi Leyla gemer ao meu lado. Ryan se inclinou e me cumprimentou com um sorriso. "Ei, Serra, Leyla!"

Sierra, a outra garota, cumprimentou-o de volta, mas Leyla lançou-lhe um olhar como se quisesse estrangulá-lo. Seus olhos estavam frios como gelo e ela me lançou um olhar de desgosto. Mas Sierra, por outro lado, estava me olhando com curiosidade e parecia que estava me avaliando.

Ryan recostou-se e virou-se para mim, com um brilho travesso nos olhos. "Então, o que mais você tem além de raízes italianas?"

Eu levantei uma sobrancelha. "Meio italiano, um quarto americano e um quarto finlandês."

Ryan sorriu. "Legal. Não admira que Leyla não suporte você.

Eu estava confuso. "Espere, o que você quer dizer?"

Ryan sorriu como se tivesse todas as respostas. "Você não sabia? Leyla também é meio finlandesa e não acha que uma escória como nós pertença à mesma nacionalidade que ela.

Meus olhos se arregalaram. "Leyla é meio finlandesa? Ela não parece.

Ryan riu. "Ela esconde bem. Mas acredite em mim, ela tem isso dentro dela.

Olhei para Leyla novamente. Ela não parecia ter sangue finlandês, mas, novamente, ela se manteve fechada. Sua amiga, Sierra, era uma história diferente. Ela parecia mais aberta, mas ainda cautelosa. Ryan continuou falando.

"Sierra também é difícil. Ela tem uma casca dura, mas há algo nela. Ela já se machucou antes e agora quer agir com calma. Mas não tente nada. Você não quer mexer com ela.

Eu não pude evitar. Fiquei intrigado. "Vou torná-la minha. Vou colocá-la na cama em dois meses.

Ryan riu. "Você? Cara, você não sabe o que está enfrentando. Todos os meus amigos tentaram e falharam. Mas se você conseguir, ficarei impressionado. O que eu ganho se você não conseguir?

Pensei por um momento. "Quem perder tem que comprar uma moto nova para o outro."

O sorriso de Ryan ficou ainda maior. "Você está mirando alto. Tudo bem, a aposta está ativa."

Eu estava começando a me perguntar em que tipo de confusão eu tinha me metido. Mas eu não iria recuar agora. Isso seria divertido.

Serra:

Foi incrível ter meu novo velho amigo sentado bem ao meu lado. Parecia quase surreal, como se eu tivesse que continuar observando-o para ter certeza de que não estava sonhando. Mas, por melhor que fosse, havia um grande problema. Ryan decidiu sentar ao lado dele, o que significava que ele estava praticamente ao lado de Leyla também. E lá estava eu, sentado entre eles, o que me fez sentir como se estivesse no meio de uma bomba-relógio. Não ajudou o fato de Leyla e Ryan sempre terem essa tensão contínua, especialmente quando se tratava de estarem próximos um do outro. Eles tinham todas as aulas juntos e Leyla sempre fazia questão de sentar o mais longe possível dele. Ryan, por outro lado, estava sempre procurando maneiras de discutir com ela, mesmo que ela não o suportasse. Era como se eles estivessem destinados a entrar em conflito.

Eu já poderia dizer que algo estava errado, no entanto. Leyla estava furiosa por dentro, tentando ao máximo não explodir. Seus olhos estavam praticamente atirando punhais, e eu sabia que qualquer um que ousasse cruzar seu caminho naquele momento passaria por momentos difíceis. Olhei para ela, sabendo que quando Leyla estava com raiva, nada poderia detê-la.

Leyla e eu éramos como irmãs desde que a conheci através do meu primo. Foi um vínculo que formamos instantaneamente e éramos inseparáveis desde então. Ela havia perdido a irmã quando tinha apenas quatro anos e, embora fosse algo que pesasse muito sobre ela, ela nunca teve a chance de processar isso. Ela tinha um irmão, mas comparada a mim, que fui abençoada com dois irmãos mais novos e um irmão mais velho que agora está na faculdade, a situação familiar de Leyla era um pouco diferente.

Agora, você pode pensar que Leyla e eu tínhamos muitos namorados, mas você está completamente errado. Meu primo namorou Leyla por um tempo, mas não deu certo e eles terminaram em boas condições. Quanto a mim, meu primeiro namorado era na verdade o melhor amigo do meu primo. Porém, não durou muito e ele acabou se mudando. Por um tempo, pensei que Leyla pudesse ter sentimentos por Ryan, e era por isso que ela sempre discutia com ele, mas eu não tinha mais tanta certeza. Ela tinha um ódio especial por qualquer pessoa que se tornasse amiga de Ryan, especialmente se fosse finlandesa. Qualquer pessoa nesse círculo estava automaticamente em sua lista de alvos.

Mas mesmo eu não tinha mais certeza do que estava acontecendo. Ela teve uma grande discussão com Ryan por causa de algo ridículo, e eu nem tinha certeza se ela estava errada dessa vez. O sinal tocou sinalizando o intervalo e seguimos para o refeitório.

Quando Leyla ficava chateada com alguém, ela tinha a resistência de uma maratonista. Hoje, ela estava em um de seus discursos, falando sem parar sobre o quão idiota Ryan era e por que diabos ele teve a audácia de sentar ao lado dela e falar com ela. Eu apenas sorri para ela e balancei a cabeça, deixando-a desabafar. Eu sabia que demoraria um pouco para ela tirar tudo do seu sistema.

Quando chegamos ao refeitório, ainda não estava pronto, mas fomos interrompidos por dois idiotas familiares parados bem na nossa frente. Se Leyla estivesse com raiva de alguém, era melhor evitá-lo pelas próximas 24 horas, a menos que quisesse arriscar sua vida. E o fato de um deles ser Ryan não ajudou em nada.

"Você está falando sobre nós?" Ryan perguntou, sua voz cheia de arrogância. Tentei intervir, planejando arrastar Leyla para fora do refeitório, mas Leyla não aceitou. Ela estava determinada a lidar com eles.

"Sim, claro, Ryan, o mundo gira em torno do seu pequeno ego estúpido. Eu adoraria que você engasgasse com seus comentários idiotas, seu bastardo!" Leyla retrucou, sua fúria clara. E com isso, a tempestade começou oficialmente e não havia como pará-la agora.

Ryan, claramente atordoado, perguntou: "Por que vocês dois estão sempre discutindo?"

Antes que eu pudesse responder, já estava de mau humor. Eu sibilei para ele: "Como se isso fosse da sua conta, e por que diabos você está falando comigo?"

Ryan, visivelmente irritado, tentou ignorar. "Uau, acalme-se! Foi apenas uma pequena pergunta!

Eu respondi: "Calma? Enquanto Leyla e Ryan estão tendo sua briga habitual pela enésima vez este ano? Sim, parece uma boa ideia.

Mia Bella, uma voz interrompeu, falando com um suave sotaque italiano: "A vida é muito curta para ficar chateada com seus amigos."

No início, me senti lisonjeado, mas depois fiquei com raiva de mim mesmo por me sentir assim. Por que fiquei tão encantado com suas palavras? Talvez eu devesse ter estudado italiano em vez de espanhol na escola.

"O que diabos você pensa que está fazendo, me dizendo o que fazer? E o que há com essa bobagem de 'Mia Bella'?" Gritei com ele, completamente irritado.

Quando eu estava prestes a perder o controle, ouvi um grito de raiva e alguém me agarrou, me puxando para fora do refeitório. Eu gemi interiormente. Ótimo, agora eu tive que ouvir Leyla reclamar sobre isso o dia todo.

Assim que saímos do refeitório, encontramos meu primo e seu amigo, Lucas. Lucas tinha uma grande paixão por Leyla, mas ela não tinha interesse nele. Ela deu-lhe um empurrão rápido e correu para os nossos armários, ainda furiosa.

Meu primo olhou para mim com pena nos olhos e perguntou: "Ryan de novo?"

Revirei os olhos, claramente farto. Todos sabiam das constantes discussões entre Leyla e Ryan.

Ele assentiu com simpatia e disse: "Boa sorte", antes de eu sair atrás de Leyla.

Naquele momento, eu sabia que o resto do dia seria longo, cheio de tensões e discussões sem fim, e provavelmente ficaria preso no meio de tudo isso.

Luís:

Olhei para Ryan, que estava sentado ali com uma expressão presunçosa, olhando para frente. Curioso sobre a tensão entre ele e Leyla, resolvi perguntar. "Por que você e Leyla sempre brigam?" Eu perguntei, na esperança de obter algumas dicas sobre a situação. Como não consegui tirar nada de Sierra, talvez Ryan fosse mais acessível.

Ryan encolheu os ombros com indiferença, ainda com aquele olhar presunçoso no rosto. "É assim que acontece entre nós. Sempre foi assim", disse ele com um tom casual.

Eu não estava convencido. "Tem que haver mais do que isso", pressionei, ansioso para ouvir o que ele tinha a dizer. Sua resposta foi evasiva, mas eu estava determinado a chegar ao fundo da questão.

Ryan pareceu hesitar por um momento antes de falar novamente e, quando o fez, as palavras que saíram me pegaram de surpresa. "Bem, na verdade éramos melhores amigos na escola primária", ele começou, com um brilho travesso aparecendo em seus olhos. "Mas então eu a expus uma vez na frente de toda a escola e, desde então, ela me odiou. Acho muito engraçado discutir com ela agora."

Eu não conseguia acreditar no que estava ouvindo. "Os melhores amigos?" Eu repeti, minha voz aumentando em descrença. As palavras pareciam impossíveis de conciliar com a animosidade entre eles. "Você está brincando comigo? Sempre tive a sensação de que ela preferia ver você morto!" Minha mente estava acelerada, tentando processar o que Ryan acabara de admitir. Como ele poderia ter sido o melhor amigo dela e depois ter feito algo tão cruel?

Ryan, aparentemente divertido com minha reação, deu-me um sorriso malicioso, mas também pareceu me estudar por um momento, talvez tentando avaliar se eu era alguém em quem ele pudesse confiar. lugar para alguém como ele - normalmente o italiano confiante e arrogante.

"Eu te conto outra hora", ele murmurou baixinho, rapidamente voltando ao seu comportamento machista habitual. Seu sorriso voltou e ele olhou para mim com um ar de confiança casual. "De qualquer forma, deixe-me apresentá-lo aos meus amigos."

Ainda processando suas palavras, balancei a cabeça, um pouco confusa com toda a conversa. O que aconteceu entre ele e Leyla para tornar o relacionamento deles tão tóxico? Segui Ryan até uma mesa próxima onde seus amigos estavam reunidos, minha mente girando em torno de perguntas. Aparentemente havia apenas seis outros italianos nesta escola, contando Ryan e eu. Quatro deles estavam um ano abaixo de nós, e os outros dois, que se apresentaram como Paco e Antonio, estavam na nossa série.

Enquanto Ryan acenava para seus amigos, não pude deixar de ficar mais perplexo com a complicada rede de relacionamentos ao meu redor. Os mistérios sobre Ryan e Leyla, Sierra e até mesmo sobre meu próprio lugar em tudo isso estavam começando a se acumular. Será que algum dia eu conseguiria as respostas que procurava? Ou eu estava destinado a permanecer preso no caos de suas vidas?

Serra:

Quando encontrei Leyla em nossos armários, encontrei-a sentada no chão, com o olhar fixo na distância e uma expressão de exasperação no rosto. Sem dizer uma palavra, sentei-me ao lado dela, permitindo-lhe espaço para organizar seus pensamentos. O silêncio entre nós foi mais pesado do que eu esperava. Percebi, porém, que havia algo mais pesando em sua mente — algo muito mais profundo do que apenas as constantes discussões com Ryan. Ficou claro que não tínhamos tempo para conversar de verdade há algum tempo.

"O que está acontecendo?" Eu perguntei, minha voz gentil, mas preocupada.

Leyla olhou para mim, seus lábios se curvando em um leve sorriso. "Você está certo. Não é apenas Ryan. Ele não vale todo o alarido." Sua voz estava cheia de uma tristeza que não pude ignorar. "Mas você também está certo, há mais do que isso."

Levantei uma sobrancelha, esperando que ela continuasse. "Ok, então me diga. O que está acontecendo?"

Ela suspirou, seus ombros caindo de frustração. "Não é só Ryan", ela disse suavemente, sua voz quase um sussurro. "Meus pais têm ouvido falar de nossas discussões diárias e agora querem falar com o diretor ou, pior, me mandar para um internato. Mas isso não é a pior parte. Meu irmão mais novo sofre bullying todos os dias em escola, e mamãe e papai não parecem se importar nem um pouco." Ela desviou o olhar, como se o peso de tudo aquilo tivesse se tornado insuportável.

Eu olhei para ela em estado de choque. Internato? Leila? Eu não conseguia imaginá-la sendo mandada embora, nem agora, nem quando eu mais precisava dela. A ideia de enfrentar meu último ano sem ela ao meu lado parecia um futuro insuportável.

"Espere", eu finalmente consegui, minha voz tremendo. "Eles não podem mandar você para um internato, Leyla. Você não pode ir."

Ela sorriu fracamente. "Eu sei. Sinto o mesmo. Mas não é como se eu tivesse uma palavra a dizer sobre isso."

Eu podia sentir meu coração batendo forte no peito, mas tentei mascarar isso com um suspiro, incentivando-a a continuar.

"Ok, eu te contei minhas coisas", disse Leyla, mudando de assunto, estreitando os olhos. "Agora é a sua vez. O que está acontecendo com você?"

Hesitei por um momento, o peso das minhas próprias lutas de repente pareceu mais pesado do que o normal. "Meus pais estão sempre me protegendo por causa das minhas notas", comecei, as palavras saindo antes que eu pudesse impedi-las. "Eles sempre me comparam ao meu irmão mais velho. Ele era perfeito, sempre acertando tudo. Eles acham que sou preguiçoso, me distraio facilmente e simplesmente não me esforço o suficiente. E meu irmão mais velho? Ele não ajuda em nada. Em vez de me apoiar, ele apenas implica comigo, torna tudo pior. Às vezes, eu gostaria que ele fosse para longe, para a faculdade, e me deixasse em paz.

Houve uma longa pausa e pude sentir minhas palavras pairando no ar entre nós. Eu nunca tinha me aberto assim com ninguém antes, mas com Leyla parecia certo. Ela foi a única que realmente entendeu.

O toque repentino da campainha me tirou dos meus pensamentos. Nós dois gememos, percebendo que era hora de ir para a aula. O dia estava apenas começando e já parecia que estava nos afetando.

Leyla se levantou com um suspiro, enxugando as mãos na calça jeans. "Merda", ela murmurou baixinho. Eu não pude deixar de rir; sua franqueza sempre conseguia me fazer sorrir, mesmo quando as coisas pareciam sombrias.

Rapidamente seguimos para nossa próxima aula: História. O assunto que nós dois odiamos mais do que qualquer coisa. Não foi só porque nos entediou até as lágrimas; foi também porque sempre tivemos a sensação de que os professores também não se importavam muito conosco. Hoje tive a sensação de que nosso relacionamento com essa turma estava prestes a piorar.

Ao entrarmos, fomos recebidos pelo nosso professor, Sr. Mittermaier, que não perdeu tempo em abordar a nossa chegada tardia. "Já temos nossos voluntários", anunciou ele com um olhar severo. "Vocês, senhoras, chegaram atrasadas, e esses dois cavalheiros" - ele apontou para Ryan e outro cara que eu não reconheci - "têm feito o suficiente para atrapalhar minha aula. Vocês farão uma apresentação conjunta e eu lhes direi o tópico em um momento."

O queixo de Leyla caiu e senti meu estômago revirar. Este dia não poderia ficar pior, não é mesmo?

"Não!" Leyla exclamou incrédula. Eu repeti seus pensamentos com um guincho horrorizado. Apresentando com Ryan? Já era ruim o suficiente ser forçado a passar um tempo com ele nas aulas, mas agora tínhamos que trabalhar juntos? Eu já podia sentir a tensão aumentando e sabia que nada de bom resultaria disso.

Olhei ao redor, tentando processar a situação. Por um lado, era bom que Leyla e eu trabalhássemos juntos, mas isso não compensava o fato de que teríamos que lidar com Ryan. Cada vez que aqueles dois estavam a menos de um metro e meio um do outro, o ar estalava de animosidade. E para piorar a situação, eu agora era parceiro do "cara novo e velho" — aquele que era ao mesmo tempo frustrante e irritantemente atraente. Não consegui entendê-lo, mas tinha certeza de que esse projeto seria uma dor de cabeça.

Não tivemos escolha a não ser acabar logo com isso, mas eu estava me sentindo dividida. Se Leyla e eu entrássemos em uma discussão acalorada durante a apresentação, isso poderia confirmar as suspeitas de seus pais e fazer com que ela fosse mandada embora. Para mim, falhar nisso apenas acrescentaria combustível às já latentes frustrações de meus pais em relação ao meu desempenho acadêmico. Nenhum de nós poderia permitir que as coisas dessem errado.

Olhei para Leyla, que agora me lançava um olhar incerto. Sua bravata habitual se transformou em algo muito mais sombrio. O que deveríamos fazer agora?

A voz do Sr. Mittermaier interrompeu meus pensamentos, me trazendo de volta à realidade. "Se vocês, senhoras, finalmente se sentarem e pararem de atrapalhar minha aula, podem começar." Ele não parecia se importar com o fato de claramente não estarmos entusiasmados com o acordo.

Leyla, em seu habitual estilo rebelde, murmurou: "Sim, claro", e se deixou cair em uma cadeira, sua voz cheia de sarcasmo. Sentei-me ao lado dela e nós dois tentamos fingir indiferença, mas por dentro estávamos ambos temendo o que estava por vir.

Quando nos sentamos, não pude acreditar como estava se desenrolando esta segunda semana do último ano. O que eu fiz para merecer isso? Este deveria ser o nosso último ano, aquele para o qual poderíamos olhar para trás com orgulho, mas em vez disso, parecia que tudo estava desmoronando.

Luís:

Ah, esse homem realmente tinha talento para fazer tudo parecer o fim do mundo. A aula havia acabado de começar e já estávamos sendo informados sobre uma grande apresentação. Primeiro, ele perguntou quem da turma seria voluntário e, claro, uma dúzia de meninas se inscreveu ansiosamente. Estávamos prestes a escolher os mais gostosos e inteligentes quando, do nada, a porta se abriu e Leyla e Sierra invadiram. Bem, parecia que o Sr. Mittermeier teve uma epifania porque, com um floreio dramático, apontou para os dois. A maneira como eles reagiram parecia saída de um filme de comédia. A boca de Leyla se abriu em descrença, e Sierra soltou um estridente, quase doce, "Não!" Mas não havia poder real por trás de suas palavras. Ambos pareciam prestes a desmaiar, os olhos arregalados de choque e medo, como se tivessem acabado de receber uma notícia terrível e que mudaria suas vidas.

Internamente, quase pude ouvi-los escrevendo mentalmente seus testamentos. E, honestamente, embora eu não tenha ficado feliz por ser forçado a fazer uma apresentação com os dois, funcionou a meu favor. Afinal, eu tinha aquela aposta em que pensar. Olhei para Ryan e, vendo a expressão em seu rosto, soube que ele entendia exatamente o que eu estava pensando. Ele me deu um sorriso maroto, do tipo que ele sempre usava quando pensava que tinha vantagem sobre alguém.

Nesse ínterim, o Sr. Mittermeier, sempre alheio, calmamente instruiu as meninas a se sentarem e, em um momento surreal, Leyla e Sierra dirigiram-se às mesas, ainda atordoadas e em silêncio. Sierra me lançou um olhar e eu encontrei seu olhar com um olhar sutil e conspiratório. Oh não. Eu não ia comprar uma motocicleta para Ryan em dois meses só por causa de uma pequena aposta. A apresentação, se feita de maneira adequada, poderia me livrar de problemas. Contanto que Ryan e Leyla não começassem a se separar, claro. Os dois teriam que ficar trancados em um quarto juntos até resolverem seus problemas ou se matarem.

A aula prosseguiu em um ritmo terrivelmente lento. Juro, pensei que fosse morrer de tédio pelo menos três vezes antes de finalmente passarmos para algo mais interessante. Depois do que pareceu uma eternidade, fomos orientados a escolher o tema da apresentação. "Tudo sobre mitologia grega." Realmente? Que tipo de tópico idiota foi esse? Olhei para as meninas, que faziam anotações como se suas vidas dependessem disso. Enquanto isso, eu confiava em meu cérebro e memória para me sustentar. Não havia necessidade de tomar notas; Eu tinha isso sob controle.

Leyla e Sierra, ainda parecendo ter acabado de ser informadas de que seriam executadas, fizeram menção de ir embora assim que a aula terminou. Mas Ryan e eu, tendo um plano diferente, decidimos que nos encontraríamos na biblioteca às três para resolver tudo isso. Agarrei o braço de Sierra e ela imediatamente se virou, com os olhos brilhando de surpresa e irritação. “O que você quer e solte meu braço agora mesmo!” ela sibilou, como se eu a tivesse puxado para uma armadilha. Sorri preguiçosamente e disse: "Primeiro de tudo, fique quieto e ouça, e segundo, nos encontraremos na biblioteca às três. E terceiro, sem discussão."

Antes que ela pudesse protestar, Ryan e eu nos viramos e fomos embora, deixando as duas garotas cheias de frustração. Eu sabia que não seria fácil, mas era um mal necessário.

Serra:

Bem, esse foi um anúncio que eu poderia facilmente ter dispensado. Toda a situação me irritou, mas parecia que não tínhamos outra opção senão concordar. Leyla, sentada ao meu lado, revirou os olhos de uma forma que poderia rivalizar com um revirar de olhos profissional. Ela estava visivelmente furiosa e estava claro que ela estava contendo sua frustração, embora eu soubesse que não demoraria muito para que tudo se espalhasse. Avançámos as últimas horas de aula, contando os minutos até finalmente podermos chegar à biblioteca. Quando o sinal tocou, às três horas, eu estava pronto para acabar logo com isso.

Determinado a aliviar um pouco o clima, pensei em mordiscar um pedaço de alcaçuz, esperando que isso pudesse conter meu aborrecimento, embora não estivesse fazendo muito efeito. Leyla estava tentando, como sempre, controlar seu temperamento, mas vamos encarar os fatos: confiar nela para não explodir era um pouco como esperar que um vulcão não entrasse em erupção. Encontramos um lugar no sofá no fundo da biblioteca e esperamos.

E esperei.

Meia hora se passou e quando eu estava prestes a explodir de pura impaciência, eles finalmente chegaram. Claro, sua grande entrada foi um desastre. "Desculpe o atraso, mas nos perdemos no caminho da vida!" A voz de Ryan cresceu, com Louis sorrindo ao lado dele. Era como se eles estivessem brincando de palhaços da turma, e eu já tinha superado isso. Meu humor estava piorando rapidamente enquanto eu tentava conter a raiva que borbulhava dentro de mim. Mas, para minha surpresa, Leyla estava calma, de uma forma quase enervante.

"Ok, pelo menos você está aqui agora. Então, vamos começar — disse ela em um tom estranhamente controlado. Pisquei incrédula – Leyla estava realmente conseguindo manter a calma? Era como uma superpotência ou algo assim. Até Ryan pareceu surpreso, com a boca aberta. Mas, claro, isso não durou muito. Ele rapidamente recuperou a compostura e respondeu: "Tudo bem, equilibrada Leyla, o que você sabe sobre a mitologia grega?"

A resposta de Leyla veio rapidamente e estremeci. "Pelo menos mais do que você, seu idiota."

Ah, não, isso definitivamente não ajudaria a acalmar as coisas. Na verdade, era como acender um fósforo em uma sala cheia de gasolina. Vi as faíscas voando antes mesmo de atingirem o chão e, antes que eu pudesse dizer qualquer coisa, Leyla já estava esquentando. Eu tive que intervir, rápido.

"Hoho, acalme-se", eu disse rapidamente, erguendo as mãos em um gesto de oferta de paz. "Talvez nosso novato aqui devesse nos contar o que sabe sobre isso."

Ryan não pareceu entusiasmado com minha sugestão e recuou imediatamente. "Que tal começarmos encontrando alguns livros sobre isso primeiro e depois lendo um pouco?"

Eu gostei dessa ideia, na verdade. Foi uma ótima maneira de aliviar a pressão de todos e realmente fazer algo. "Tudo bem, vocês dois fiquem aqui", eu disse, agarrando o braço de Leyla e puxando-a do sofá. "Vamos pegar os livros, então."

Parecia uma pequena vitória, mas eu não estava me enganando. Ainda estávamos no limite e não demoraria muito para que as coisas recomeçassem. Com um misto de resignação e determinação, fomos até as estantes da biblioteca para encontrar o que precisávamos. Por mais que eu odiasse admitir, essa apresentação estava se revelando a menor das minhas preocupações.

Luís:

Virei-me para Ryan, um pouco mais sério desta vez. "Tudo bem, me diga a verdade - por que você continua rebaixando Leyla desse jeito?" Pude vê-lo hesitar por um momento, seus olhos piscando desconfortavelmente. "Ela sempre começa!" ele respondeu, tentando desviar a pergunta.

Eu não estava acreditando. "Hoje não. Hoje foi você quem começou as coisas. Ela não disse nada ofensivo nem tentou provocar você. Ela estava bem. Mas você... você a colocou no chão primeiro sem motivo algum. Toda vez que ela fala, você já está na defensiva. O que está acontecendo com você, Ryan?

Eu poderia dizer que não foi fácil para ele admitir, mas eventualmente ele suspirou profundamente, quase derrotado. Depois de uma longa pausa, ele me olhou sério. "Tudo bem, mas se você contar a alguém sobre isso, juro que vou fazer você se arrepender", alertou ele, com um tom estranhamente tenso. Eu apenas balancei a cabeça, sentindo o quão difícil isso era para ele. "Não direi uma palavra. Apenas me diga."

Ryan pareceu organizar seus pensamentos por um momento, e então as palavras saíram surpreendentemente vulneráveis. "Tudo começou há dois anos. Eu tinha 16 anos e Leyla tinha 15. Ela não era exatamente a garota popular naquela época e era um pouco gordinha. Quanto a mim, bem, eu estava na chamada 'elite ' multidão. Eu sempre fui de primeira linha, sabe? E Leyla e eu éramos melhores amigas, mas então as coisas começaram a mudar. também, mas não da maneira que deveria. Eu estava com medo do que isso significaria para minha reputação se as pessoas soubessem que éramos mais do que amigos. Quero dizer, eu era conhecido por ficar com todos os tipos de garotas, e namorar ela teria arruinado isso. fraco Então, um dia no verão, depois da escola, estávamos conversando sobre nossos planos para as férias. O pátio da escola estava lotado de gente – nossa turma, e era um grande problema eu estar conversando com ela na frente dela. todos, muito menos ficar do lado de fora com ela.

Bem, ela queria me dar um beijo de despedida. E sem pensar, eu... eu a empurrei. Gritei para todo o quintal: 'Afaste-se de mim! Como se eu fosse beijar você - quem iria querer beijar alguém tão gordo quanto você?'" A voz de Ryan vacilou enquanto as palavras pairavam no ar, e eu podia ver o peso do que ele havia dito naquela época. "Todos riram, inclusive eu. E Leyla, ela simplesmente... saiu correndo chorando. Eu nunca a vi assim antes. E desde aquele momento ela me odiava e não a culpo. Eu estraguei tudo."

Eu estava em choque. Eu queria rir, mas não era engraçado. Senti nojo e estranhamente pena dele. "Uau. Que choque. Não estou surpreso que ela odeie você", eu disse, balançando a cabeça. "Você realmente estragou tudo, não é? Isso deve tê-la destruído por dentro. E a pior parte é que você provavelmente estragou a melhor coisa que já teve. Agora olhe para ela

- ela é absolutamente deslumbrante e, ironicamente, ela agora faz parte do grupo de elite, assim como você."

Ryan olhou para mim, quase impotente, e percebi que uma parte dele se arrependia de tudo. Ele parecia uma criança que acabara de perceber que havia perdido seu primeiro amor verdadeiro. Seus olhos suavizaram por um breve momento antes de ele rapidamente mascarar seus sentimentos com sua arrogância habitual. O sorriso presunçoso voltou ao seu rosto, mas estava claro que sua bravata não era suficiente para esconder a dor em seus olhos.

Eu podia ver agora – a verdade. "Você ainda a ama, não é?" — perguntei e, por uma fração de segundo, ele não disse nada. Mas então ele soltou uma risada seca, sem convencer ninguém, especialmente eu. Eu poderia dizer agora. A aparência dele – derrotado, como se tivesse acabado de perder o amor de sua vida – me contou tudo. Mas, como sempre, a máscara voltou a subir rapidamente. A expressão desapareceu e ele olhou em volta com aquele sorriso arrogante de sempre, como se nada tivesse acontecido.

Só então, as duas garotas entraram na sala. Para minha surpresa, Leyla parecia absolutamente arrasada, com os olhos vermelhos como se tivesse chorado. Sierra, por outro lado, estava olhando feio, com o rosto contorcido de frustração. Isso me deixou ainda mais confuso, mas eu não tinha certeza se queria saber o que havia acontecido entre eles. Ainda assim, estava claro que a tensão entre todos tinha acabado de ficar mais densa e o ar parecia carregado de palavras não ditas.

Olhei para Ryan novamente, me perguntando se ele percebeu o que estava acontecendo na nossa frente. Ele encontrou meus olhos brevemente, mas sua expressão era ilegível agora, sua vulnerabilidade anterior completamente mascarada por sua indiferença habitual.

Serra:

Caminhamos até as estantes cheias de livros sobre mitologia grega e não pude deixar de perguntar a Leyla. "Ok, entendo que você não se dá bem com Ryan, mas você nunca me disse o porquê. Sinceramente, sempre tive a sensação de que ele gosta de você. Toda vez que você nem notou ele ainda, mas ele já te viu, ele olha para você como se estivesse... apaixonado. Então, o que realmente está acontecendo?"

Foi quando ela desmaiou. Eu me preparei para qualquer coisa, desde uma explosão de raiva até ela me dar um tratamento de silêncio, mas nunca esperei que ela começasse a chorar. Era como se suas paredes cuidadosamente construídas tivessem desmoronado de repente. (Todos os heróis choram às vezes. Não porque sejam fracos, mas porque são fortes há tanto tempo...)

Leyla sempre foi quem manteve a calma, que só mostrou força. Ela era a garota que nunca parecia ter problemas com nada, então vê-la quebrar assim me deixou completamente desprevenido. Ajoelhei-me rapidamente ao lado dela e gentilmente coloquei minha mão em suas costas. "Ei, o que está acontecendo? Eu disse algo errado? Fale comigo, Leila.

Ela estava soluçando baixinho, mas parecia que estava lentamente começando a se recompor. Depois de alguns momentos, ela finalmente falou, sua voz quase um sussurro. "Ok, eu nunca te contei isso. Foi antes de você se mudar para cá. Eu tinha 15 anos e Ryan 16. Éramos muito próximos, melhores amigos. Mas então... comecei a me apaixonar por ele. Sinceramente, pensei que ele poderia sentir o mesmo. Mas eu estava acima do peso, não era popular e ele... bem, ele era o completo oposto disso. Todos o conheciam e sua popularidade cresceu. Numa tarde de verão, estávamos conversando depois da aula, só nós dois. Eu queria mostrar a ele o quanto eu me importava com ele. Pensei que talvez se eu o beijasse, ele entenderia. Mas esse foi o maior erro que já cometi."

Ela fez uma pausa, respirando fundo e pude ver a dor voltando aos seus olhos. "Eu me inclinei para beijá-lo e ele simplesmente me empurrou. Ele gritou: 'Bah, como se eu fosse beijar você. Qualquer garoto beijaria alguém tão gordo quanto você.' Acho que nunca me senti mais humilhado em minha vida. Todos o ouviram e riram. Ele riu também, enquanto eu fugia do pátio da escola, chorando. Mais tarde, ele pediu desculpas, mas disse que estava mais preocupado em manter sua reputação do que qualquer outra coisa. Ele escolheu seu status em vez de mim.

Eu podia sentir o peso de suas palavras sendo absorvido. Meu coração doeu por ela enquanto ela continuava. "Depois disso, apaguei o número dele, bloqueei ele em todos os lugares. Eu disse a mim mesma que tinha acabado com ele. Mas não queria que ele se esquecesse de mim, então comecei a treinar. Quase não comia nada, só para conseguir o corpo que sempre sonhei. Trabalhei tanto e, quando comecei a parecer melhor, pensei que talvez o machucasse como ele me machucou. Mas toda vez que tentei mostrar a ele, simplesmente não funcionou. Não importava o quanto eu mudasse, o quanto eu trabalhasse. Eu nunca fui o suficiente para ele.

Mas o que mais me destrói é que ainda o amo. Apesar de tudo, apesar do quanto ele me machucou, eu ainda o amo. Mas eu nunca me deixaria apaixonar por ele novamente. Eu nunca poderia passar por isso novamente. Não posso deixá-lo me quebrar pela segunda vez."

Suas palavras me atingiram como uma tonelada de tijolos. Eu não tinha ideia da dor que ela carregava e não conseguia nem começar a imaginar a profundidade dela. Por um momento, fiquei simplesmente atordoado. Fiquei ali, congelado, com a boca aberta em estado de choque.

Leyla olhou para mim com aqueles olhos tristes e, de repente, senti que era a minha vez de ser forte por ela. Agachei-me ao lado dela e gentilmente enxuguei as lágrimas de seu rosto. "Leyla, esse cara definitivamente não vale o seu tempo. Você é incrível do jeito que é. E você sabe o que? Você tem tudo pela frente. Então, apenas enxugue essas lágrimas e mantenha a cabeça erguida, ok?

Ela assentiu levemente, mas eu poderia dizer que ela ainda estava lutando. Eu sabia que se ela tivesse que enfrentar Ryan agora, ela provavelmente iria desabar novamente. Então, rapidamente criei um plano para ajudá-la nisso. "Ei, tive uma ideia. Você vai para casa agora e eu cuido da primeira parte da apresentação com a galera. Quando terminarmos, irei até sua casa e conversaremos. Vamos descobrir o que acontece a seguir."

Seu rosto se iluminou um pouco e ela sorriu levemente. "Você realmente faria isso por mim? Você é o melhor amigo que alguém poderia pedir."

Eu dei a ela um sorriso tranquilizador: "Claro que sim. Agora, vamos pegar alguns livros e resolveremos esta apresentação."

Leyla se levantou e eu a ajudei a reunir alguns livros sobre mitologia grega. Voltamos para onde Ryan e Louis estavam esperando e, assim que Ryan viu que Leyla estava chorando, sua expressão mudou. Ele olhou para ela com preocupação genuína. Por um momento, quase pensei que ele fosse pedir desculpas ou até mesmo perguntar quem a havia machucado. Mas então, seu habitual sorriso zombeteiro voltou, e percebi que talvez ele não fosse totalmente ignorante sobre o que tinha feito.

Ainda assim, havia algo diferente em sua reação agora. Talvez, apenas talvez, ele tenha percebido o que havia perdido o tempo todo.

Luís:

Sierra colocou a pilha de cerca de quinze livros na minha frente e disse: "Tudo bem, aqui estão os livros. Leyla não está se sentindo bem, então ela está indo para casa". Assenti, vendo que Leyla realmente parecia horrível. "Eu também irei embora, se estiver tudo bem. Também não estou me sentindo bem hoje", disse Ryan, sua voz soando quase apologética. Leyla estremeceu com suas palavras, mas não disse nada. Sierra soltou um suspiro pesado, claramente frustrada, mas também preocupada. "Ok, então, Louis e eu começaremos hoje e continuaremos juntos mais tarde", disse ela. Ryan levantou-se e, sem dizer mais nada, saiu da biblioteca, sem sequer se preocupar em se despedir.

Leyla caminhou até Sierra, envolvendo-a nos braços em um abraço apertado, sua voz quase um sussurro quando disse: "Tchau". A maneira como ela disse isso me fez perceber o quão frágil ela parecia naquele momento. Até agora, eu só a tinha visto como alguém incrivelmente forte e inquebrável, e esse vislumbre de vulnerabilidade me pegou desprevenido.

"Tudo bem", disse Sierra, voltando-se para mim, "eu realmente não gosto de você, mas temos que trabalhar juntos, então estou pedindo uma trégua." Eu levantei minhas sobrancelhas com a mudança repentina em seu tom. Ela parecia genuinamente preocupada com seus amigos, mas eu ainda estava tentando entender tudo o que estava acontecendo. A sugestão dela de uma trégua pareceu fácil demais, rápida demais, mas não discuti. "Tudo bem, sem problemas", respondi, ainda tentando entendê-la. Algo nela parecia familiar e estava me incomodando. Eu não sabia de onde a conhecia, mas ela parecia alguém que eu deveria reconhecer.

Ela me pegou olhando para ela e, por um momento, senti que ela sabia exatamente o que eu estava pensando. A intensidade do seu olhar só aumentou a confusão, mas rapidamente desviei o olhar, forçando-me a concentrar-me na tarefa que tinha em mãos. Peguei o primeiro livro na minha frente e o abri, sem prestar muita atenção às palavras na página. Sierra pareceu fazer o mesmo, folheando o livro com o mesmo ar distraído.

Eventualmente, não consegui mais ficar quieto. "O que aconteceu com Leyla? Ela parecia absolutamente destruída", perguntei, minha curiosidade tomando conta de mim. Sierra olhou para mim por um momento, com olhos calculistas, como se estivesse decidindo se deveria ou não confiar a verdade em mim. "Bem, eu realmente não deveria dizer isso e, honestamente, não confio em você, mas tem algo a ver com seu novo melhor amigo, Ryan."

Me dei conta imediatamente: Sierra não sabia da humilhação que Ryan havia feito Leyla passar. Mas não fiquei surpreso; ela parecia muito fora do circuito. Balancei a cabeça lentamente, deixando-a saber que estava ciente da situação. "Ah, ok, agora entendi. Ryan me disse algo assim antes", eu disse, tentando manter a situação casual. Mas a reação de Sierra me pegou desprevenido.

Seu rosto se contorceu de raiva e ela parecia prestes a colocar fogo em algo com seu olhar. "Espere, ele fez o quê? Ele realmente se gabou disso?" Sua voz estava cheia de fúria, mas ela rapidamente a suprimiu. 'Leyla é a melhor pessoa que conheço e só quero dar um soco na cara de Ryan pelo que ele fez com ela.'

Recostei-me um pouco, minha expressão indiferente, mas depois falei para esclarecer as coisas. "Eu jurei que não contaria a ninguém sobre isso, mas sim, Ryan se gabava disso. Ele não conseguia parar de falar sobre isso. É uma bagunça, mas..." Eu parei, sentindo o peso da situação.

Os olhos de Sierra se arregalaram em descrença. "Ele não fez?"

Balancei minha cabeça lentamente. "Não, definitivamente não, mas agora acho que devemos nos concentrar na apresentação. É a coisa mais importante agora."

Assim que disse isso, percebi o quão absurdo parecia. A apresentação era a última coisa que me importava naquele momento, mas era uma boa maneira de mudar de assunto, especialmente quando Sierra parecia tão entediada quanto eu. Peguei o livro novamente, fingindo ler, mas percebi que os olhos de Sierra estavam indo para meus lábios. Quando as garotas olham para os lábios de um cara, geralmente pensam em como seria beijá-lo. Um sorriso travesso se espalhou pelo meu rosto enquanto me recostava na cadeira, divertido.

Deixe os jogos começarem.

Desejos não ditos

Serra:

Encontrei meu olhar fixo em seus lábios enquanto ele lutava para focar no livro à sua frente. Seus lábios eram carnudos e lindos, e eu não pude deixar de imaginar como seria se eles roçassem os meus e depois deslizassem lentamente pelo meu pescoço. No meio desses pensamentos, o garoto com lábios sedutores falou de repente, quebrando meu devaneio. "Você está pensando em me beijar?" ele perguntou, seu sorriso largo e conhecedor.

Eu congelei, meu coração acelerado, preso no momento. Eu não ia admitir o que estava pensando, então tentei parecer calmo, embora minha voz me traísse um pouco. "Não, como você descobriu isso?" Eu gaguejei, ainda um pouco surpreso.

Ele não deixou cair o sorriso, claramente ciente de quão certo estava. "Bem, você ficou olhando para meus lábios por tanto tempo. Nunca teve um beijo realmente bom? Quer ver como é um verdadeiro?

Eu mal podia acreditar no que estava ouvindo. Claro, ele estava certo – eu nunca tinha experimentado nada parecido com um grande beijo. Claro, eu já tinha beijado pessoas antes, mas a maioria delas eram esquecíveis, algumas delas completamente estranhas. Mas não havia como eu dizer isso a ele. Eu não iria dar a ele essa satisfação. "Mas eu já tive um antes e não, não quero", retruquei rapidamente, embora pudesse perceber pelo sorriso dele que ele não estava acreditando.

Seu sorriso só se alargou, sua confiança cresceu. "Como se. Mas não me importo de mostrar como se faz — disse ele, inclinando-se para frente. Senti meu corpo ficar rígido, congelado no lugar. Seu rosto estava agora a poucos centímetros do meu, e eu podia ver a intensidade em seus olhos azul-gelo. Por um breve momento, pensei ter visto um lampejo de desejo ali, mas com a mesma rapidez ele desapareceu. No entanto, sua cabeça permaneceu perto, e eu podia sentir seu hálito quente em meus lábios, sua proximidade me cercando, tornando difícil pensar direito.

Naquele instante, a tentação de se inclinar, de beijá-lo, foi avassaladora. Mas eu não poderia me permitir fazer isso. Não agora, não quando isso apenas confirmaria tudo o que ele pensava. Eu não poderia dar a ele essa satisfação. Então, coloquei minha mão em seu peito, sentindo a força de seus músculos sob meus dedos, e gentilmente o empurrei para trás.

Ele se afastou um pouco, sorrindo triunfantemente, como se já tivesse me descoberto. Ele queria despertar o desejo, testar meus limites, e fez isso bem. Nós dois voltamos a trabalhar em silêncio, mas minha mente continuava acelerada. Eu me perguntei se ele ainda sabia quem eu era, se lembrava de alguma coisa sobre mim de antes. A maneira como ele olhou para mim sugeria que ele não tinha ideia, e isso me deu uma abertura.

"Você realmente sabe quem eu sou?" Perguntei casualmente, tentando esconder a curiosidade em minha voz. Ele olhou para mim, uma expressão de confusão em seus olhos. "Hmm, sim, você é Sierra", disse ele, embora seu tom não fosse totalmente confiante.

Levantei uma sobrancelha, pressionando ainda mais. "Sim, mas eu te conheço há algum tempo. Nós nos conhecemos antes de você vir para esta escola." Ele franziu a testa, claramente tentando se lembrar de algo sobre nosso encontro passado, mas nada parecia funcionar. Ele estava lutando, então decidi dar-lhe uma dica. "Quais são as cores das suas scooters?" Eu disse com um sorriso brincalhão, sabendo que isso iria refrescar sua memória.

Por um momento, ele pareceu completamente perdido. Mas então, um lampejo de reconhecimento cruzou seu rosto, seguido por uma expressão de realização. "Ah Merda! É por isso que você parecia tão familiar! Eu sabia que conhecia você!

Não pude evitar – soltei uma risada pequena, quase silenciosa. Já havia demorado bastante. "Demorou bastante", provoquei, rindo novamente.

Ele riu junto, balançando a cabeça. "Sim, sim, fique à vontade para tirar sarro de mim", disse ele, ainda sorrindo. "Mas ei, você salvou minha bunda naquela época. Achei que você fosse denunciar, mas não o fez. Você poderia ter me feito ficar mal, mas não o fez.

Eu fiz um beicinho para ele, embora ainda estivesse rindo. "Ah, que fofo. Você aprecia isso? Não se empolgue. Ainda tenho algumas conexões.

Com isso, caí no chão, meu estômago doendo de tanto rir. Louis também havia escorregado do sofá, agora sentado no chão ao meu lado, tremendo de tanto rir. "Oh, posso interpretar isso como uma dica de que você me acha fofo?" ele perguntou, sua voz misturada com diversão.

Eu sorri, ainda tentando recuperar o fôlego. "Eu nunca disse isso", respondi, mas o sorriso no meu rosto me traiu.

Louis se inclinou mais perto, seu sorriso nunca desaparecendo. "Eu posso viver com isso. Mas você é ridiculamente doce, e eu sabia disso naquela época. Simplesmente não poderia dizer isso na frente da polícia", disse ele, sua voz caindo para um sussurro baixo e provocador.

Antes que eu percebesse, seu rosto estava a centímetros do meu novamente, e senti o calor entre nós aumentar. Seus lábios pairaram logo acima dos meus e, pela primeira vez, não o afastei. Eu não consegui. Cada parte de mim gritava para diminuir a distância, para sentir seus lábios nos meus. Mas eu estava paralisado, preso entre o calor do momento e o medo do que isso significaria. Ele baixou seus lábios até os meus, e eu não tive escolha a não ser permitir.

Luís:

Beijei a garota em quem estava pensando há tanto tempo. Eu nunca fui capaz de esquecê-la. Desde o momento em que nos cruzamos pela primeira vez, ela pareceu ficar gravada em minha mente. Parecia que a imagem dela estava gravada em meu cérebro e não havia como escapar disso. Comecei todos os dias pensando nela. Eu não conseguia me livrar disso, não importa o quanto tentasse afastar esses sentimentos. Mas tive que suprimi-los e, por muito tempo, enterrei-os bem no fundo. Agora, aqui estava ela, bem na minha frente novamente. Quantas vezes eu imaginei como seria beijá-la? O pensamento permaneceu indefinidamente em minha mente, alimentando fantasias e desejos. Mas mesmo agora, eu sabia que não poderia me permitir sentir muito. Se eu me permitisse me apaixonar completamente por ela, sentir tudo com cada fibra do meu ser, estaria caminhando direto para o caos. A última coisa que eu queria era me expor a ainda mais complicações. Valeu a pena? Eu não tinha certeza. Mas, neste momento, não suportaria compartilhar isso com mais ninguém. Foi meu.

No início, o beijo foi hesitante. Eu não tinha certeza de como ela reagiria – o quanto ela cederia, o quanto ela iria se afastar. Mas quando senti sua resposta, seu corpo relaxando no meu, fiquei mais ousado. Meus lábios se moveram com mais urgência contra os dela, e suas mãos – uma nas minhas costas, a outra no meu cabelo – me encorajaram a ir mais fundo. Eu podia sentir a intensidade aumentando entre nós e, por um breve momento, me perguntei se poderia ir mais longe ali mesmo na biblioteca. Mas eu rapidamente controlei. Não havia como perder o controle daquele jeito. Aqui não. Agora não.

Eu lentamente me afastei, relutantemente, quebrando o beijo. Meu corpo estava em chamas, meu coração batia forte no peito, mas eu precisava me firmar. Levantei-me, tentando esconder o rápido aumento e diminuição da minha respiração. Abri meus olhos, encontrando os dela já presos aos meus, uma centelha de calor e algo mais profundo em seu olhar. Foi uma sensação que eu nunca havia experimentado antes e que me torceu por dentro. A última coisa que eu queria era me sentir assim. Isso me assustou mais do que eu queria admitir. Eu não poderia me apaixonar por ela. Eu me recusei.

Balancei a cabeça, tentando afastar as emoções avassaladoras que inundavam minha mente. Tive que me lembrar que ela não passava de uma aposta. Apenas um desafio, nada mais. Isso era tudo que ela era. E ainda assim, quando olhei para ela novamente, não pude negar a dor no peito. Ela era muito mais do que eu me permiti perceber.

"Ok, acho que deveríamos encerrar o dia da apresentação", disse Sierra, sorrindo para mim. Balancei a cabeça rigidamente, tentando manter minhas emoções sob controle. Ela é apenas uma aposta. Apenas uma aposta, lembrei a mim mesma. Mas minha voz me traiu quando acrescentei: "O que aconteceu aqui não significa nada. Absolutamente nada." Eu não tinha certeza de quem estava tentando convencer — as palavras pareciam vazias, mesmo quando as pronunciei. Pude ver a decepção dela brilhar em seu rosto com o canto do olho, e doeu mais do que eu esperava.

"Claro, eu não esperava mais nada", ela respondeu, sua voz assumindo um tom mais agudo. "Mas duvido que esse tenha sido meu melhor beijo."

Eu não pude deixar de sorrir. Parecia que ela já havia voltado ao seu estado normal, com sua confiança intacta. "Bem, mia bella, acho que você ainda pode estar um pouco atordoada com isso, mas não se preocupe, ainda tenho mais a oferecer." Não pude resistir a adicionar o floreio provocativo. "Ok, ciao Bella, estou indo então. Ah, e não se esqueça de trancar a porta." Eu disse, lançando-lhe um sorriso enquanto caminhava em direção à porta.

No momento em que saí, senti o peso sair dos meus ombros. Pela primeira vez em muito tempo, sorri. Um sorriso genuíno. Não foi só porque eu consegui o melhor dela naquele momento. Não, foi mais do que isso. Pela primeira vez em muito tempo, senti algo puro e real. Algo que eu não poderia ignorar, mesmo que tentasse.

Serra:

Assim que Louis saiu pela porta, caí no chão mais uma vez. Oh Deus, o que eu tinha acabado de fazer? O sonho que eu estava repassando em minha mente pelo que parecia uma eternidade ganhou vida, e não da maneira que eu esperava. Eu beijei Louis – a única pessoa em quem não consegui parar de pensar por tanto tempo. O beijo foi tudo e nada ao mesmo tempo. Foi tudo o que eu imaginei e, ainda assim, muito mais intenso, muito mais real do que jamais ousei esperar. A adrenalina, a eletricidade entre nós... Era quase demais.

E ainda assim, enquanto suas palavras permaneciam em meus ouvidos, uma pequena parte de mim voltou à realidade. "Isso não significa nada", ele disse, e por alguma razão, essa foi a única coisa que me trouxe de volta à terra. Foi uma verificação da realidade, mas muito necessária. Ele estava certo. Eu nunca tinha tido um beijo assim antes. Mas eu não estava disposta a admitir isso para ele. Eu não queria que ele soubesse o quão completamente fora de controle eu me senti naquele momento. A maneira como ele me beijou, a maneira como ele me fez sentir como se pudesse me derreter nele – era tudo o que eu sonhava e muito mais.

O problema? Isso me aterrorizou. O fato de eu ter sido tão descuidada, tão disposta a me entregar a ele sem pensar, causou um arrepio na minha espinha. Ele se afastou, claramente um pouco sem fôlego. Eu odiava o quanto o deixei entrar. E, ainda assim, não conseguia me livrar da sensação. Meu coração ainda estava acelerado e eu não conseguia decidir se queria puxá-lo de volta ou afastá-lo. Mas não, eu tinha que odiá-lo. Tive que me lembrar que me apaixonar por ele seria a coisa mais idiota que eu poderia fazer. Foi apenas um beijo – uma aposta. Nada mais. E eu precisava manter isso em mente.

No dia seguinte, acordei com uma estranha sensação de calma, uma sensação de clareza que não esperava. Saí de casa me sentindo melhor, tentando me livrar do calor persistente da noite passada. Quando saí, meu primo estava me esperando com sua scooter, como sempre. Ele tinha um jeito de me tirar da cabeça quando eu mais precisava. O tempo estava perfeito e o sol começava a aparecer por trás das nuvens. Subi na traseira de sua scooter e seguimos em direção à escola, com o vento em meus cabelos.

Quando entramos no estacionamento, pude ver Leyla andando em minha direção, seu cabelo preto encaracolado balançando na brisa. Ela parecia uma modelo ou uma estrela de cinema, com o rosto brilhando ao sol da manhã. Mas o sorriso que normalmente brincava em seus lábios não estava em lugar nenhum. Em vez disso, ela tinha uma expressão fria, como se algo a estivesse incomodando. Eu já poderia dizer que ela estava se preparando para algum tipo de colapso devido aos acontecimentos de ontem.

Ela me cumprimentou com um sorriso caloroso, mas seus olhos traíram algo mais profundo. "Sabe, você parece uma estrela de cinema quando tira o capacete", ela brincou, seu tom suave, mas conhecedor. "Você se vestiu muito bem hoje? O que aconteceu ontem? Você está escondendo segredos de mim?"

Eu não pude deixar de sorrir. Claro, eu tinha me arrumado um pouco, mas não ia contar a verdade sobre o beijo entre mim e Louis. Isso era algo para eu manter trancado. "Eu só queria ficar bonita", respondi, ignorando casualmente. Leyla ergueu uma sobrancelha, claramente não convencida, mas deixou passar.

Enquanto isso, meu primo ainda estava atrás de mim, e Leyla já estava lhe dando um abraço, um daqueles abraços brincalhões e amigáveis que pareciam durar para sempre. Ela tinha esse efeito nas pessoas. Meu primo, Lucas, e seus amigos se aglomeraram ao redor dela, tentando chamar um pouco de sua atenção, e ela gentilmente deu isso a eles. Eu os observei interagir, um pouco de diversão puxando os cantos da minha boca. Lucas era o rei da escola agora, com Leyla ao seu lado, e todos o invejavam. Foi estranho assistir, mas não pude negar que estava um pouco orgulhoso dele.

De repente, o barulho de duas motocicletas cortou o ar e meu estômago embrulhou. Eu sabia exatamente quem era. Os "bad boys" da turma estavam chegando. Louis e Ryan. Já ouvia as motos acelerando, cada uma mais alta que a outra. Enquanto eles chegavam às vagas de estacionamento e os motores desligavam, todo o estacionamento pareceu prender a respiração. É claro que as meninas se reuniram instantaneamente, com os olhos grudados nos meninos enquanto tiravam os capacetes, cada movimento exagerado como se fizessem parte de alguma grande apresentação.

Leyla e eu trocamos um olhar, mais por leve desgosto do que por qualquer outra coisa. Eu não estava interessado no show, mas podia sentir o peso dos olhares de todos sobre nós. Mesmo depois de tudo com Louis, eu ainda tentava manter alguma distância, ainda tentava manter um pouco de controle sobre mim mesma. Eu não estava disposto a deixá-los ver que fui afetado.

Ryan e Louis se aproximaram de nós, ladeados por amigos, como sempre. Ficamos no meio dos garotos da "elite", aqueles que todos pareciam adorar. Quando os olhos de Louis encontraram os meus, senti aquela faísca familiar, aquela conexão elétrica da qual não conseguia me livrar. Mas eu lutei contra isso. Ele sorriu para mim e eu não pude deixar de sorrir de volta, mesmo sabendo que não era uma boa ideia.

Leyla, porém, não retribuiu o sorriso de Ryan. Na verdade, ela mal o reconheceu, seu olhar passou por ele como se ele fosse invisível. Foi um grande contraste com a dinâmica habitual entre eles, e não pude deixar de admirá-la por isso. O sinal tocou naquele momento e foi como um sinal de que nossa pequena apresentação estava prestes a começar.

Com um sorriso conhecedor, olhei para Leyla e ela respondeu com a cabeça. Descemos da scooter do meu primo e caminhamos em direção à entrada, cada passo cheio de propósito. Sabíamos que todos os olhos estavam voltados para nós, tanto os meninos quanto as meninas. Mas tínhamos um plano e iríamos executá-lo perfeitamente. Íamos mostrar-lhes o que tinham perdido.

Quando nos aproximamos da entrada, havia alguns professores estagiários parados nas portas, certificando-se de que ninguém trouxesse cigarros acesos. Pude ver a maneira como as meninas olhavam para elas, com olhos cheios de saudade. As portas nunca foram abertas para nós, a menos que causássemos uma boa impressão. Então, Leyla e eu caminhamos em direção à porta, balançando os quadris um pouco mais do que o normal. Leyla deu um de seus sorrisos característicos, do tipo que poderia derreter o coração de qualquer pessoa, e com certeza, o estagiário abriu a porta para ela sem hesitação. Eu segui o exemplo do meu lado e a porta se abriu.

Entramos sabendo que havíamos deixado nossa marca. Não havíamos acabado de passar pela porta – havíamos entrado com confiança, com poder. Eu só esperava que tivesse causado o impacto que pretendíamos.

Luís:

Eu nunca esperei isso. Sierra, de certa forma, parecia estar exibindo seu fascínio, como se estivesse me mostrando o quão gostosa ela era e como ela poderia facilmente ter alguém. Bem, ela certamente conseguiu deixar isso claro. Não pude deixar de olhar para Ryan, que parecia estar batendo mentalmente a cabeça contra a parede o tempo todo. Eventualmente, ele encontrou meu olhar, seu rosto contorcido de raiva enquanto murmurava: "Quão estúpido você pode ser? Sinto que estou prestes a quebrar alguma coisa - de preferência minha cabeça." Eu sorri, achando o momento um tanto divertido. "Ei, não faça isso, você pode realmente precisar disso. Mesmo que o que você fez com Leyla tenha sido muito idiota", eu provoquei, cutucando-o.

Ele estava ficando visivelmente irritado. "Sim, sim, eu sei que você adora esfregar isso na minha cara, mas já é o suficiente. Talvez eu devesse simplesmente esquecê-la, sair e festejar, e apenas dormir com alguma garota qualquer."

"Tem certeza de que é uma boa ideia?" Eu perguntei, sem ter certeza de sua lógica. "Eu não sei, cara."

"Ou você está comigo ou não, mas eu definitivamente vou", disse ele, seu tom determinado.

Bem, eu não poderia argumentar contra essa lógica. Estava claro que se as coisas não acontecessem do seu jeito, ele simplesmente atacaria novamente. Achei que uma distração ajudaria, então dei de ombros. "Tudo bem, eu irei. Algum tempo longe de Sierra e da escola parece exatamente o que eu preciso."

Com isso, abrimos caminho para a aula de história. Assim que entramos, o Sr. Mittermaier, que já estava de mau humor, disparou contra a primeira pessoa que viu – uma garota sentada perto da frente. Eu realmente não me importava com quem era; minha mente estava em outro lugar.

Quando Ryan e eu nos sentamos, notei que Leyla e Sierra já estavam acomodadas em seus lugares. Sierra estava sentada ali, linda como sempre, mas não foi apenas sua aparência física que me chamou a atenção. Seu cabelo loiro – naturalmente loiro, não aquele cabelo falso e descolorido demais – brilhava sob a luz do sol que entrava pela janela. De repente, ela se virou e nossos olhos se encontraram. Seus olhos azuis claros eram hipnotizantes, como se eu pudesse me perder neles para sempre. Seus lábios se curvaram em um sorriso brincalhão, e eu senti que poderia beijá-la novamente, repetidamente. Mas assim que ela levantou uma sobrancelha para mim, voltei à realidade. Não, eu não poderia deixar isso acontecer. Apaixonar-se por ela só traria mais complicações. Eu não poderia deixar os sentimentos me enfraquecerem, especialmente agora.

O resto do dia escolar foi um borrão. Eu não conseguia me concentrar em nada. Eu sabia que precisava sair dessa situação e me concentrar novamente nas coisas importantes: minha família e a aposta. Sierra era apenas uma distração, uma aposta, nada mais. Eu não poderia deixá-la me levar a mais emoções. Os sentimentos tornam você suave, vulnerável, e essa é a última coisa que eu poderia me permitir agora.

Quando o sinal final tocou, peguei minhas coisas e corri para o carro. Não era grande coisa para se olhar – apenas um ferro-velho velho – mas funcionou. A primeira coisa que fiz foi ir até a escola da minha irmã mais nova para buscá-la. Ao entrar no estacionamento da escola, a vi parada no portão, cercada pelas amigas, rindo. Ela estava feliz e isso era tudo que importava.

Ela me viu imediatamente e seu rosto se iluminou. Ela acenou em despedida para seus amigos e correu em minha direção. Eu a peguei em meus braços, girando-a duas vezes antes de colocá-la suavemente no chão. Ela estava sorrindo de orelha a orelha. "Oi Louis! Quer saber? Consegui um emprego de volta!" ela disse com entusiasmo.

Eu ri, "Ah, é mesmo? Você finalmente conseguiu aquele 'seis'?"

Ela riu: "Não, não exatamente. É mais como um seis atrás... Então, um um!" ela gritou de alegria.

Eu ri também e perguntei: "E que matéria foi essa?"

“Meu professor de matemática diz que sou inteligente demais para esse nível”, disse ela, sorrindo de orelha a orelha.

Eu não pude deixar de sorrir de volta para ela. Kiara era tudo que eu desejava ser: forte, inteligente e cheia de alegria. Ela se parecia comigo, exceto com olhos castanhos. Sempre soube que ela era capaz de pular uma série, mas não queria isso para ela. Ela teve que permanecer nesta turma e aproveitar a infância, apesar dos desafios em casa.

Depois de pegarmos as coisas dela, fomos até o pavilhão esportivo para pegar meu irmão mais novo, Nico, em seu jogo de futebol. Só pegamos os últimos dois minutos, mas isso não importou. Kiara não gostava de futebol, mas eu gostava de assistir Nico. Ele estava jogando seu primeiro jogo de verdade e eu não podia perder. Ao entrarmos na academia, notei alguns dos outros pais, principalmente algumas mães jovens, me lançando olhares demorados. Eu não liguei para eles. Eu estava aqui pelo meu irmão.

Nico me viu do outro lado do campo. Assim que ele me viu, seu rosto abriu um largo sorriso. Ele pegou a bola de um jogador adversário e avançou em direção ao gol. Ele foi rápido, focado e determinado. Pouco antes de chegar ao gol, ele chutou com tudo que tinha. Ele passou pelo goleiro e entrou na rede. Seu time aplaudiu e Nico correu em minha direção, gritando: "Você viu isso? Você viu como a bola voou para a rede? Foi imparável!"

Eu sorri, mas minha mente não estava completamente lá. A alegria do meu irmão mais novo, seu entusiasmo — tudo isso me lembrou de quando as coisas eram mais simples, antes de minha mãe falecer. Desde a sua morte, tem sido uma luta constante manter esse calor em nossa casa. Mas ver Nico tão cheio de vida, tão despreocupado, me fez sentir algo que não sentia há muito tempo.

Antes que eu pudesse dizer mais alguma coisa, Nico me deu um soco de leve no estômago e agarrou meu braço, me arrastando até um garotinho de cabelos pretos e olhos azuis. "Louis, este é meu novo amigo Jack! Ele é da minha turma e é incrível no futebol, assim como eu!" Nico estava praticamente explodindo de orgulho quando me apresentou a Jack.

Olhei para Jack, que me deu um sorriso. "Ei, Louis, eu marquei um gol, mas você não estava lá para ver", disse ele.

Eu ri: "Eu gostaria de ter visto. Parece que você tem um talento natural."

Quando eu estava prestes a dizer mais alguma coisa, ouvi uma voz familiar.

Naquele momento, senti meu estômago embrulhar e soube exatamente quem era.

O FIM

9 7983 48 144814